LE MARIAGE

D'INCLINATION.

Omnia vincit amor, & nos cedamus amori.
Virgile.

ROSE

ET

SAINVAL,

OU

LE MARIAGE

D'INCLINATION.

A PARIS.

M. DCC. LXXI.

ROSE
ET
SAINVAL.

ON ne peut qu'applaudir aux mariages
assortis ; mais ceux qui ne le seroient que
par le sentiment, doivent-ils être réprou-
vés ? Consulte-t-on assez les qualités per-
sonnelles ? N'accorde-t-on pas trop à l'intérêt ? Combien se prennent sans s'aimer,
& se quittent sans se regretter ! Qu'il seroit
à desirer au contraire que l'hymen fût,
pour tous ceux qui le contractent, un gage
de la félicité la plus pure ! Je voudrois
qu'on se fût fréquenté long-tems avant de
serrer ce nœud indissoluble : un engagement
aussi saint, aussi important, mérite toute
l'attention des personnes qui le forment,
puisqu'il s'agit de vivre ensemble, & que du
défaut de sympathie, on voit résulter les

plus grands inconvéniens. La conformité de goût, d'humeur & de caractère, est un point essentiel ; c'est peut-être ce à quoi l'on pense le moins.

SAINVAL, dont je vais raconter l'aventure amoureuse, soutient qu'il est presqu'impossible qu'une union déterminée par le seul intérêt, ne soit mêlée d'amertume & de regrets. Celle que l'inclination réciproque a établie, lui semble devoir être préférable. Ce n'est pas qu'il prétende qu'il faille allier la misère avec la misère, parce qu'un aussi triste couple n'enfanteroit après tout que des misérables, quoique, considéré politiquement, il importe qu'il donne des Sujets à l'État. Tel qui a le plus, ne sauroit être blâmé de partager avec celle qui a le moins. C'est positivement la situation de notre généreux Amant.

SAINVAL, Gentilhomme fort riche, est né avec un cœur tendre & sensible. Rose, son Amante ne diffère de lui qu'en deux points.

On ne lui compte pas autant de louis d'or que de bonnes qualités. Elle n'entend pas au Blason, ne connoît pas non plus de Généalogiste, au grand déplaisir du pere de son Amant, qui n'a point de foi à ce que nous appellons famille honnête, peu aisée, & roturiere. De-là les obstacles que Sainval rencontre dans le dessein qu'il a formé de couronner les vertus de son Amante par les avantages de la naissance & de la fortune qu'il possede.

Je ne dirai pas que Sainval fit la connoissance de Rose, étant au Collége, sous la conduite d'un Gouverneur, & que, sur le point de finir ses Etudes, il en devint eperdûment amoureux. Elle fréquentoit la maison de son pere depuis quelque temps. Sainval l'y rencontra. Dès la premiere vûe, il fut épris de ses charmes. L'habitude où étoient les deux Maisons de se fréquenter, ne fit qu'aiguiser le trait dont il étoit blessé. D'ailleurs il est un âge où l'on résiste difficilement aux impulsions de l'Amour, source

d'une infinité de maux pour pluſieurs ; paſ-
ſion utile, j'oſerai même dire, néceſſaire
dans certains êtres privilégiés de la nature.
Elle étoit dans Sainval ce ſentiment honnête, & fondé ſur l'eſtime, qui raſſemble
tous les autres. L'aimable franchiſe, la ré-
gularité des mœurs, une noble & géné-
reuſe compaſſion pour les malheureux, enfin un goût décidé pour la vertu, l'avoit
ſinguliérement attaché à la perſonne de
Roſe, qu'il deſiroit unir à ſon ſort, & dans
laquelle il retrouvoit, ſi j'oſe ainſi parler,
un autre lui-même. L'amour, dans un in-
dividu ſi reſpectable, eſt un don céleſte ;
c'eſt un bienfait de la nature.

Sainval rend à ſa Maîtreſſe des ſoins aſſi-
dus depuis cinq ans, ſans que ſon amour
ait ſouffert la moindre altération. Roſe le
chérit autant par goût que par reconnoiſ-
ſance. Ce qui va paroître extraordinaire,
c'eſt qu'elle s'opiniâtre à le lui laiſſer ignorer. Pluſieurs raiſons autoriſent ſon ſilence.
Sainval veut l'épouſer, mais il n'eſt pas ſon

maître. Il dépend d'un pere qui s'y refufe ; à caufe de la difproportion de naiffance & de fortune. Rofe d'un autre côté, lit dans un avenir, qu'elle regarde comme très-éloigné ; elle craint des préjugés, qu'elle dédaigne, mais qui fuffifent pour faire échouer ce projet. Un fentiment, dont les fuites pourroient les expofer l'un & l'autre aux plus grands malheurs, lui devient un fecret que la prudence lui fuggere de garder avec un foin extrême ; de plus, une fille de vingt ans connoît affez fon monde pour ne pas ignorer jufqu'où va l'empire du fexe, quand il fçait fe refpecter lui-même. Il n'y a en effet que la retenue qui le mette à l'abri des écarts immodérés & de la préfomption crédule des jeunes gens, faciles à publier ce qu'ils n'ont jamais reçu, & même à exagérer, par amour-propre, les moindres déférences que le fexe veut bien avoir pour eux. Il eft clair que la conduite de Rofe eft fenfée ; elle le feroit même trop, fi la folie & les inconféquences mar

quées devoient être autant de signes dif-
tinctifs du véritable amour. L'estime y con-
duit, en resserre les nœuds ; elle seule lui
donne une maniere d'être solide & dura-
ble : au lieu que l'amour de passion ressemble à l'éclair qui précéde la foudre : c'est
un feu passager presqu'aussi-tôt éteint qu'il
est allumé. Rose a pour Sainval des égards
recherchés, & auxquels le penchant donne
un nouveau prix ; mais sa bouche n'en est
pas l'interprête indiscret. Elle ne veut pro-
noncer, que, lorsqu'avec l'agrément de sa
propre famille, il faudra qu'elle s'explique.
Sainval, personnage le plus intéressé dans
cette conduite de la part de Rose, éprouve
des combats, des inquiétudes mortelles ;
il flote entre la crainte & l'espérance ; enfin il est en proye au doute qui le désespere.

Un jour nos Amans s'entretenoient ensemble d'un ouvrage immortel par le sujet
& le talent de l'Auteur : (c'étoit la lettre
d'Héloïse à Abailard) Rose, par une suite
de l'émotion qu'a coutume de produire ce

chef-d'œuvre du sentiment, s'écria : Quel Mortel, ou quel Dieu a sçu peindre le cœur des femmes avec autant de vérité & d'énergie ! Une foule de réflexions qui se succéderent alors avec rapidité, lui arracherent tout-à-coup un soupir d'attendrissement. Quelle situation critique ! Elle auroit voulu la dérober à Sainval, qui l'observoit attentivement ; mais ses larmes la trahirent. Sans s'occuper alors d'autre chose que de la sensation pénible qu'elle éprouvoit, elle le regarda aussi tendrement qu'Héloïse regardoit son cher Abailard, & lui dit : Que ces vers sont touchans ! ils m'ont émue à un point que je ne puis exprimer : Il me semble que, si vous parliez ce langage, vous ne pourriez qu'y réussir : j'en suis si persuadée, que vous me flateriez infiniment, si vous vouliez traiter un pareil sujet, ou tel autre analogue à votre goût. Choisissez, comme lui, l'Amour . . . . . . Mais, l'Amour ! Qu'ai-je dit ! Non ; je me trompe : n'en faites rien ; j'appréhende

que vous n'en ſoyez trop affecté : auſſi-
bien vous devez vous reſſouvenir que je
vous ai défendu de m'aimer. Je ne pré-
tends en effet qu'à votre eſtime. D'ailleurs
les hommes de votre âge ſont ſi légers,
ſi inconſtans, que je craindrois de n'avoir
pas à vous excepter du nombre. On tient
volontiers à ſon ſiècle. Tandis qu'elle ache-
voit ce diſcours, elle s'apperçut que Sainval
étoit tombé dans les réflexions les plus
profondes. Méditoit-il déja les vers qu'elle
lui demandoit ? Elle alloit s'informer du
ſujet de ſes rêveries ; mais ſa mere qui
les joignit en ce moment, l'en empêcha,
& Sainval, que divers mouvemens agi-
toient, profita de cette conjoncture pour
ſe retirer. De retour chez lui, il ne
trouva d'autre ſoulagement à la cruelle
incertitude où Roſe l'avoit laiſſé plongé,
qu'en lui traçant les ſentimens de ſon
cœur, tels qu'on les verra dépeints dans
l'Epitre ſuivante.

SAINVAL
A ROSE.

Omnia vincit amor, & nos cedamus amori.
Virgile.

ÉPITRE.

Tu doutes de l'ardeur que ma bouche te jure?
Toi, Rose? Et sans pitié tu me fais cette injure!
Un luftre de conftance attefte en vain ma foi.
Livrée à des foupçons, incertaine de moi,
Tu rappelles mes pas aux rives du Permeffe.
Dans le choix des fujets, dont la foule me preffe,
Le plus cher à mon cœur, le plus intéreffant,
Ce doit être à coup fûr un tendre fentiment.

Lis ces vers ingénus ; apprends à me connoître,
Et juge si Sainval cache l'âme d'un traître ?
Tu n'as point inspiré de légeres amours :
C'est du tien que dépend le bonheur de mes jours.
Muse, obéis à Rose ; assure sa victoire :
Il y va de mon sort ; il y va de ma gloire.
Peins, imprime des feux accrus avec mes ans ;
Marque leur origine, & rapproche les temps.

  Dès l'enfance jetté dans un triste Collége,
Où d'un airain bruïant le timbre nous assiége,
Où l'on trace à nos yeux sous d'effroyables traits,
D'une oisive langueur les funestes effets ;
Disciples d'Apollon, chancelans sur sa route,
L'on guide notre essor malgré ce qu'il en coûte ;
Soumis à la coutume, à de classiques loix ;
Instruit à respecter, & les Dieux & les Rois ;
Libre ; je finissois mes études premières,
Quand l'amour m'éclaira de ses vives lumières.
Tu parus, & soudain de confus mouvemens,
Un trouble impérieux agiterent mes sens.
Ton ascendant extrême anéantit mon être ;
Je crus mourir d'amour, & commencer à naître.

J'oubliai fur les pas d'un fi charmant Vainqueur,

Les dogmes empefés de Caton le Cenfeur.

L'un vit dans un inftant profpérer fon ouvrage ;

L'autre d'un long travail perdit tout l'étalage :

Et quoiqu'il m'eût en forme enfeigné la raifon,

J'avalai fans terreur le dangereux poifon.

Rofe, tu me femblois un Juge plus croyable,

Un modéle parfait, un guide plus fortable.

Mon Pédagogue infigne, & mes livres poudreux

Ne m'en difoient pas tant que l'éclat de tes yeux.

Comment vaincre l'Amour, qui fubjugue notre
    être ?

D'un clin d'œil il triomphe, en tous lieux il eft
    Maître.

Il fe déclare en nous par un fougueux defir ;

Et cet attrait puiffant eft l'inftinct du plaifir.

Un feul de tes regards étoit un trait de flâme,

Que mes fens attentifs recéloient dans mon âme.

Un fourire, une fleur offerte de ta main

(Ornement qu'éclipfoit l'albâtre de ton fein)

Flatoit plus mon orgueil que l'or de la fortune :

Cette faveur au moins n'étoit pas importune ;

Un soupir t'échapoit, prompt à l'apprécier,

J'étois ce fier Vainqueur que couronne un laurier.

Trompeuse illusion ! Ta voix enchanteresse

Dissipant mes ennuis, augmentoit mon yvresse.

Art divin ! Roi des cœurs ! Quels sons ! Quels

     sentimens !

Je n'entendis jamais d'aussi tendres accens.

A tes airs de Lesbos préludoit le génie ;

Et ton goût me fit croire au don de l'harmonie.

Je fus tenté vingt fois, tombant à tes genoux,

De t'exprimer l'excès des transports les plus doux :

L'empreinte du respect en mon âme tracée,

Fit expirer vingt fois ma timide pensée.

Contraindre son amour, ah ! quel pesant fardeau :

L'avouer sans espoir, est un tourment nouveau.

Je voulois néanmoins te parler un langage

Qui, s'il t'avoit déplu, n'étoit pas un outrage.

Mais les ris & les jeux folâtrans sur tes pas,

L'Amour étoit un mot que tu n'entendois pas ;

Et son feu dévorant, né de la résistance

Consumoit chaque jour ma fatale existence.

Tu me fuyois en vain ; ton image me suit ;

Elle s'offre à ma vüe & le jour & la nuit :

Je

Je retrouve par-tout une image si chère . . .
Plus épris que jamais, ne pouvant plus m'en taire,
Je t'ai dit : » l'art d'aimer est un art enchanteur :
Graves-en de ta main les règles dans mon cœur ».
Un Dieu m'interrompit ; je crus le reconnoître ;
Je crus voir un enfant ; mais un enfant mon
     Maître !
Il avoit ton maintien, ta figure & tes traits.
Après m'avoir jetté des regards satisfaits ;
Je t'exauce, Mortel : j'approuve ton yvresse !
Sois l'appui de ma gloire : aime, brule sans cesse.
Deviens un rare exemple, un véritable Amant.
L'Amour me l'ordonnoit, & j'en fis le serment.
    Cruel ressouvenir ! Tu me défends d'aimer ?
Tu bornes mon empire au droit de t'estimer.
Tu craindrois de sentir une flâme secrette :
Un intérêt si cher tient ta bouche muette.
Ta froideur est extrême. Oh ! Je n'en doute plus :
Tous mes soins, mes respects, mes vœux sont
    superflus.
Si j'en crois ma douleur, si j'en crois ton silence,
Tu sembles à mes vœux ôter toute espérance.

B

Jusqu’à quand me faut-il gémir de ta fierté,
Adorer, mais en vain, une ingrate Beauté !
D’où naît tant de rigueur ? D’où vient cet artifice ?
Te plaît-il avec art de faire mon supplice ?
Pourquoi dissimuler à ton fidèle Amant,
S’il se trouve en ton cœur un secret important ?
On diroit que l’aveu d’une juste tendresse
Entraîne le danger d’un moment de foiblesse ;
Que ces mots, je vous aime, impriment sur le front
La honte de subir un criminel affront :
Comme si de l’Amour la puissance annoncée
N’existoit qu’aux dépens de la vertu blessée.
S’il languit ou s’éteint dans les bras du plaisir,
Je te répons qu’il vit par le feu du désir.
Il ne m’a point armé de ses flèches cruelles,
Dont l’atteinte flétrit les âmes infidelles.
Déserteur couronné, s’il confond des ingrats ;
Il régne avec la paix dans les cœurs délicats.
Tu me défends d’aimer : je te défends de plaire.
Qui des deux voudra suivre un ordre imaginaire ?
Si tes charmans appas brilloient moins à mes yeux ;
M’auroient-ils suggeré ces discours amoureux ?

Apprends - moi comme il faut réfister à tes char-
    mes?
Et pour les mieux combattre, où je prendrai des
    armes?
Peut-on ne pas aimer ! Ce penchant eft fi doux !
Le vouloir eft permis ; l'amour naît avec nous.
Aimer, c'eft exifter. L'Amour, foutien du monde,
A femé d'Habitans le Ciel, la Terre & l'Onde :
C'eft le flambeau des arts, c'eft l'âme des talens,
L'Oracle des Confeils, & l'organe des Grands :
De l'un à l'autre Pôle il étend fon empire :
Soit Arabe ou Lapon, ou François, tout foupire.
L'Amour va dérider le front du Magiftrat ;
Il place le Berger au rang du Potentat :
L'altier Républicain, le Conquérant fauvage
Tombent à fes genoux & lui rendent hommage.
Ancien comme le Monde, il feroit immortel,
Si le Monde détruit n'entraînoit fon Autel.
Favori d'un effain de brillante jeuneffe,
Il eft encore le Dieu de la froide Vieilleffe.
Rangé fous les drapeaux d'un Vainqueur fi puiffant?
Transfuge, je pourrois les quitter lâchement !
B ij

Que je me dompte enfin , déplorable victime :
Sans posséder ton cœur je perdrois ton estime ;
Et de tes volontés aveugle Exécuteur ,
Foible & crédule Amant, tu m'aurois en horreur.
Crains un ordre cruel ; crains de rompre ma
        chaîne ;
Crains qu'à mes feux blessés ne succede la haine ;
Que dans mon désespoir, puisqu'il faut t'oublier ,
Je ne plonge en mon sein un homicide acier.
Mais afin que tes traits sortent de ma mémoire ,
Que j'obtienne du tems cette triste victoire ;
Obtiens du sort jaloux qu'il t'ose transformer :
Ne sois plus cet objet qué chacun veut aimer.
Si tu le peux , fais plus , perfide Enchanteresse ;
Empêche mes rivaux de sentir mon yvresse.
Peut-être ils sont heureux, arrêtés dans tes fers ;
Je suis le seul qu'opprime un funeste revers.
Conçois toute la honte où mon âme est en proye ;
De ces mêmes rivaux quelle sera la joye , .
Apprenant que ton cœur qu'ils m'ont tant disputé ,
Malgré tout mon amour, s'y refuse indompté.
Dans le dépit affreux dont le transport m'égare ,
J'obéirai sans doute à ton ordre barbare ;

Et s'il faut pour te plaire, un effort furprenant,
Non : tu n'entendras plus les foupirs d'un Amant.

Inhumaine ! Tu viens d'opérer un prodige :
Ta main qui l'a formé, m'enlève un doux preftige,
Tu renverfes l'Autel avec la Déité.
Je n'y brûlerai plus d'encens à la Beauté.
Mes yeux, détournez-vous de fa plus vive image.
Idole de mes fens, tu n'as plus mon hommage.
Ton empire eft détruit. Je renonce à l'Amour
Et vais jouir long-tems du triomphe d'un jour ...
D'où vient que malgré moi je me fens fondre en
    larmes,
Que les foucis flotans ramenent les alarmes ;
Que je ne m'abandonne aux douceurs du fommeil
Sans qu'un trouble inquiet ne fonne le réveil ....
Ah ! Rofe, qu'ai-je dit ? O remord qui me tue !
Je pourrois m'exiler d'une fi chère vüe !
Mais, n'être pas aimé ! ...... S'il eft vrai, je me
    meurs.
Tu ne fçaurois du moins infulter à mes pleurs.
Une autre me chérit, une autre m'eft offerte :
Je fuis déjà vengé de ton injufte perte.

B iij

Quelle vengeance ! ô Ciel !..... Trop généreux
    Amant,
En croirois-tu la voix de ton ressentiment ?
Te verra-t-on aux pieds d'une femme étrangère,
Protester une amour fictive, mensongère,
Et faussement rébele à l'attrait du Destin,
Former d'un autre Hymen le coupable dessein ?
Une ruse innocente, une défense vaine
Ne te relevent pas du serment qui t'enchaîne.
Un parjure est un monstre exécrable, odieux,
Qui, vomi des Enfers, en alluma les feux.
Le beau sexe a-t-il tort, armé de défiance,
De suspendre un aveu que suit notre inconstance ?
Rose, me connois-tu ? Suis-je Amant imposteur ?
Mes soins sont-ils le jeu d'un lâche Séducteur ?
Fier de porter ton joug je te sers en Esclave :
Je vante ma foiblesse à quiconque la brave.
Quand par de froids Censeurs je serois combattu,
Me feront-ils rougir d'adorer la vertu ?
De tant d'objets chéris que ton âge rassemble,
Il peut s'en trouver un qui vraiment te ressemble.

Qu'il soit au bout du Monde, ou qu'il habite aux
    Cieux;
Rose, mon choix est fait, & toi seule as mes vœux.

Unir mon sort au tien, quel plus rare avantage!
Ciel, qui me l'inspirez, consommez votre ou-
    vrage.
O, Reine de mes sens! Chef-d'œuvre des Hu-
    mains!
Quelle gloire pour moi! Quels plus heureux des-
    tins!
La terre s'embellit des larmes de l'Aurore;
Mon cœur s'enfle à l'aspect des biens qui vont
    m'éclore.
Oui; l'hymen, dont j'aspire à serrer les doux
    nœuds,
Me donne avec ta main ce qu'envieroient les
    Dieux,
Les trésors infinis d'une riche culture,
Ton âme inaccessible aux traits de l'imposture.
Ma fortune, mon rang & mon titre immortel,
C'est toi, c'est ta vertu que j'épouse à l'Autel.

B iiij

Si ton aftre en naiffant te repouffa du Trône;

Quand tu règnes fur moi, que l'amour te couronne.

Si tu n'es point affife au faîte des Grandeurs,

Tu n'es pas le jouet de fatales erreurs.

Un Trône en butte au choc des plus fréquens

    orages,

Pofe fur les débris de célèbres naufrages.

C'eft dans le fein des Cours, fous ces lambris

    dorés

Que s'ouvrent des chagrins les canaux abhorrés.

La vérité fuccombe à des loix tyranniques,

Et l'Amour s'y foumet à des nœuds politiques.

Qu'un Berger faffe entendre au fon du chalumeau

Qu'il aime fa Bergère autant que fon troupeau ;

Qu'abfolu dans fon choix, avec fa Souveraine,

Il ourdiffe à fon goût une éternelle chaîne ;

Enfant de la nature, il refpecte fes droits,

Et fe rit en fecret du vain fafte des Rois.

Il ne s'immole pas, il agit comme il penfe :

Le fentiment le fixe, & non la bienféance.

Sans pofféder beaucoup, il ne défire rien :

Son fceptre eft fa houlette, Amarillis fon bien.

Qu'il eſt doux de pouvoir diſpoſer de ſon être !

Né libre, indépendant, que n'en ſuis-je le maître !

   Pourquoi faut-il qu'un père aveuglé par l'erreur

D'un fils qui le chérit ſe montre l'oppreſſeur ?

Chère Amante ! Il eſt vrai qu'yvre d'un faux

     ſyſtême,

Il fronde notre hymen & mon amour lui-même;

Et que la ſoif de l'or altérant ſes eſprits,

Il n'eſt que ce métal à ſes yeux éblouis.

Mon père ambitieux, menaçant & terrible;

Me ſemble, en ſa rigueur, vouloir être inflexible;

Il s'arme contre moi d'un abſolu pouvoir,

Et m'impoſe le joug d'un rigoureux devoir.

Je péſe ſes motifs, & ſçais avec prudence

Lui répondre à propos, ou garder le ſilence.

Je ménage un inſtant formidable à tous deux;

Et qui peut-être auſſi ſecondera nos vœux.

Quoi qu'il puiſſe arriver, je lui dirai : " mon père,

» Mon âme devant vous ſe verſe toute entière :

» J'aime depuis long-tems, & j'aime avec tranſ-

     port;

» Vous ſçavez quel objet je deſtine à mon ſort.

» Approuvez mon penchant , contentez mon
    envie :
» Que je vous doive enfin une seconde vie.
» Laissez-vous attendrir ; qu'un regard paternel
» Tombant sur votre fils , suive Rose à l'Autel.
» J'embrasse vos genoux que je baigne de larmes ;
» Ne me combattez plus par d'odieuses armes.
» Moins sévère en effet , libre de préjugés ,
» Daignez être vous-même , & vous nous protégés.
» Vous connûtes l'amour pour qui je vous implore.
» Ma mère qui n'est plus , vous la pleurez encore.
» Si l'on eût traversé vos loüables desseins ,
» Et rompu sans pitié d'aussi tendres liens ;
» Qu'on vous eût dit alors , « il faut qu'on m'o-
    béisse »
» Auriez-vous consenti cet affreux sacrifice ?
» Eh ! Sur quoi fondez-vous cette noble splen-
    deur
» Dont vous pourfuivez l'ombre avec tant de
    fureur ?
» L'inégale fortune & la haute naissance
» Dépendeht du hasard autant que l'exiftence.

» La nobleffe confifte à faire des heureux :
» Une feule vertu vaut un fiécle d'aïeux.
» Rofe a des fentimens, une âme non commune,
» Le Ciel la venge affez de fon peu de fortune.
» L'hymen le plus fortable & le plus opulent
» De la félicité n'eft pas un fûr garant.
» Regardez ces époux que l'avarice enchaîne ;
» Leurs nœuds le plus fouvent font tiffus par la
    haine ;
» Suivis du repentir, maudits dans les revers,
» En eux & fous leurs toîts habitent les Enfers.
» Dans leurs fombres regards le dépit étincelle :
» Ce Dragon furieux, la difcorde cruelle
» Les remplit d'amertume & d'horribles dégoûts,
» S'attache un ennemi le plus fâcheux de tous,
» Le tems qui, dépouillé de fon aîle rapide
» Aiguife des chagrins le poignard homicide,
» Tant qu'à la fin laffés de les perféquter,
» Ce deftin fi brillant qu'il leur faut détefter,
» Frappe le dernier coup où tout Mortel fuc-
    combe,
» Qui, terminant leurs maux, les plonge dans la
    tombe.

» Me trompé-je, mon père ; est-ce une vision ?

» Vous tracé-je un tableau de pure fiction ?

» Fatale vérité ! Trop réelle peinture !

» Ah ! combien sont punis d'outrager la nature !

» Non : vous ne voudrez pas, cher auteur de mes
      jours,

» Contraire à mes désirs, en terminer le cours.

Qu'un père opiniâtre exerçant sa puissance,
Sur un fils malheureux déploye sa vengeance;
Doit-il nous accabler d'un éternel courroux ?
A force de respects ne le fléchirons-nous ?
Quand je serois proscrit par un Arrêt funeste,
L'immuable équité veille au peu qui me reste.]
Va, ne redoute rien des piéges de Plutus:
Tout te défend contr'eux, mon cœur & tes vertus.
Je fuis loin, me souillant d'un infâme parjure,
De céder aux éclats d'un impuissant murmure.
Avec Bacchus, Cérès & Rose mes amours,
Je suis riche, & du sort ne crains pas les retours;
Loin d'un faste imposant, des regards de l'envie,
Il me suffit de vivre en cette courte vie,

Que m'importent à moi ces calculs d'intérêts,
Vrais fléaux de l'hymen, auteurs de ses forfaits.
Quoi donc? Pour se doter sans raisons politiques,
A-t-on besoin de vous, Notaires faméliques?
D'une forme usuraire à quoi bon les détours?
Pourquoi braver la mort, & supputer nos jours?
Votre art, si c'en est un, la fraude l'a fait naître;
Et nous livrons nos biens à la fraude peut-être.
Amante! avec mon sang ma fortune est à toi.
Où l'amour est sans borne on se donne sans loi.
Mais dénué de tout, sous un chaume tranquile,
A couvert des brocards d'un orgueil imbécile,
Réunis pour toujours, ignorés des humains,
A de rustres travaux s'endurciront nos mains.
L'indigence fuit l'homme utile & nécessaire.
A te nourrir, crois-moi, je forcerai la terre;
Secondant mes efforts, maniant le rateau,
Tu n'en seras pas moins la Reine du Hameau.
Tu vivras en donnant, femme illustre & féconde,
Des sujets à ton Prince & des trésors au monde.
Si tu ressens mes feux, dis-le moi sans danger;
Je t'adore & suis sûr de ne jamais changer.

Tu verras le soleil arrêté dans sa course ;

Le perfide élément tari jusqu'en sa source ;

Ces Globes lumineux embrasans l'Univers ,

Consumeront nos corps épars dans les déserts ;

Avant que je soufcrive au préjugé barbare

Qui trahit la nature, & toujours nous égare ;

Avant que l'intérêt, indigne suborneur,

Te raviffe ma foi, t'arrache de mon cœur.

Ma foi . . . je l'ai jurée en demandant la tienne.

Si d'un jufte retour il faut que je l'obtienne ;

Que les tiens moins cruels fe déclarent pour nous ;

J'en attefte l'honneur : Sainval eft ton époux.

Nature, amour, raifon, tout le veut ; tout l'or-
    donne.

Entends ma voix, ô Dieu ! qui du haut de ton
    Trône,

Invifible Moteur, Arbitre des deftins ;

Diriges à ton gré les profanes Humains.

Favorife un projet, digne de toi peut-être ;

Veille fur une Amante, & conferve mon être.

Que j'arrive à ce terme où d'équitables loix

Rendent l'homme à lui-même, & foutiennent fes
    droits ;

Et que voyant crouler cette double barrière
Que m'oppofent encore & mes ans & mon père ;
Après m'être acquitté du devoir filial,
Libre enfin de former ce lien conjugal,
Je laiffe au monde entier l'exemple mémorable
De ce que peut fur nous la vertu refpectable,
Douce, noble, modefte en fon auftérité ;
'Amorce des grands cœurs, luftre de la beauté.

Sexe qu'on idolâtre, & pour qui tout refpire ;
Il eft un fûr moyen de fixer votre empire ;
Voulez-vous allumer des feux vifs & conftans ?
Que la fageffe en tout règle vos fentimens.

F I N.

www.ingramcontent.com/pod-product-compliance
Lightning Source LLC
LaVergne TN
LVHW012319050726
842524LV00004B/1489